規則

人數：兩人或以上
玩法：玩家唸口令「包剪揼」或「呈尋磨較叉燒包」後同時出拳，包贏揼，揼贏剪、剪贏包，如果玩家出相同的拳，即為打和，需再次出拳至分出勝負。

其他國家玩法差異

遊戲規則基本相同，⋯⋯⋯⋯⋯在一些細節上也有些微差異⋯⋯⋯。
日本：玩家首次出拳時⋯⋯⋯⋯後才正式出拳，目的在⋯⋯
韓國：玩法跟正規的相同，只是「剪刀」的手勢有別，我們是伸出食指和中指，韓國人是用拇指和食指。

包剪揼除了是猜拳遊戲，也是用作分出先後次序、分隊或淘汰的一種方式。

包剪揼攻略

甚麼？猜包剪揼不是隨機出拳碰運氣的嗎？

不不，這個牽涉一點心理行為，可預測對方的出拳啊。

國際包剪揼協會根據內地大學團隊研究指出，數百名參與包剪揼實驗的人，會出現以下行為模式。

出包較高勝算

根據統計，出包剪揼的機率為揼 35.4%、剪 35%、包 29.6%，出揼的人較多，所以如果出包，勝算會略為提高。

男生多會出揼

男生第一局通常會出揼，所以對手是男生的話，可嘗試出包。

新手模仿對手

新手多會模仿對手上一次出拳，例如對手上次出剪的話，新手這次也會出剪，這時可出揼應對。

經驗之人的模式

老手第一次通常出包，這時可出剪應對。

第三局改變出拳

若對方兩次出包，第三局便會改變策略不再出包。

觀察對方手部動作

手指放鬆：出包　　手指握緊：出揼
只有兩隻手指握緊：出剪

也有研究指出，第一局勝出的一方（如出剪），下局多會保持現狀（也是剪），所以第一局的輸家在第二局可以作出應對（出揼）。

啊～～你彈弓手！

我手沒裝彈弓啊！

「彈弓手」指比對方遲出拳，會被對方認為是看準對家出拳後才決定出甚麼拳。

3

包剪揼還有延伸的玩法呢。

你說那個長青遊戲嗎？到今時今日仍是綜藝節目的熱門遊戲呢。

真的嗎？

黑白配

規則

人數：兩人

玩法：玩家邊說「黑白配」邊猜包剪揼，勝出的一方邊喊「男生女生配」，邊以食指指向上下左右任何一方，敗方的頭部也要同時轉向任何一方，如敗方頭部的轉向和勝方指的方向一致，則為勝方勝利；若不一致，則雙方重新再猜包剪揼繼續遊戲。

黑白配！

男生女生配！

輸了～

這個遊戲雖然簡單，但刺激感十足，也可鍛煉反應呢。

手指摔角

規則

人數：兩人

玩法：雙方伸出右手（或左手），除拇指外其餘四指互相緊扣，拇指豎起，若可壓住對方拇指超過十秒便勝出。

我力氣較大，一定可以贏你。

不不，力氣只是其中一個因素，只要有耐性，看準時機出擊，也可以出奇制勝的啊！

 適量的手指活動，不但可鍛煉肌肉，訓練意志力，也能刺激腦部，減低患認知障礙症的風險。

趣聞 1 手指摔角賽事化

2016 年香港曾舉辦全亞洲首個手指擂台摔角大賽，旨在鼓勵民眾多做運動。參加者將手指穿在迷你擂台上，30 秒內將對方拇指壓低便可出線。

趣聞 2 大雄要借法寶玩手指相撲？

大雄玩手指摔角（日本稱之為手指相撲）連靜香也敵不過，被胖虎等嘲笑，多啦A夢便借出可增強力量的法寶「超人戒指」，但誤打誤撞被大雄媽媽戴上，並鬧出笑話。

花繩

歷史

在未有智能電話、遊戲機和玩具的年代，世界各地都流行只需一對手、一條繩便能玩的翻花繩玩意。確切起源眾説紛紜，當中以日本最具代表性，約始於平安時代（794~1192年），1987年更創立日本花繩協會，《多啦A夢》中的大雄更是花繩高手呢。

規則

人數：一至兩人

玩法：將繩的兩頭打結，雙手套着繩子並撐開，一人玩的話透過兩手互穿的各種穿繩動作，做出不同圖案；兩人同玩時，一人先將繩圈編成一個圖案，另一人用手指接過繩圈，再編成其他圖案，相互交替，直至繩子打結或不能再做出圖案為止。

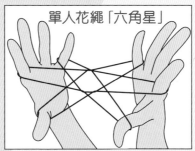

單人花繩「六角星」

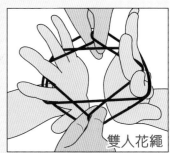

雙人花繩

花繩看似簡單，但可鍛煉手腦靈活並用，啟發思考，訓練專注力，是有益身心的小遊戲。

原來只得一對手已經可以玩遊戲。

對啊！如果加上筆和紙，變化更多呢。

打井（過三關）

英譯：Tic-tac-toe / Noughts and crosses

規則

人數：兩人

玩法：在畫上「井」字形的九宮格上，一人打「X」，一人打「O」，輪流畫上自己的符號，最先可於直、橫或斜連成一線的一方勝出。

攻防小貼士

❶ 搶先行首步：打井通常以行首步的人屬攻的一方，基本上帶領了整盤棋局，獲勝機會較大，所以以猜包剪揼決定誰是先行一方，最為重要。

❷ 佔據角落：行首步的一方先佔據角落較有利，假設自己為「O」，先畫1號格，對方不論畫任何位置，下一步就畫第一步對着的另一角落（例如7號），對方下一步必定會阻截你過關（4號），此時畫9號格，便做成「兩頭蛇」的必勝局面。

❸ 防者要守和：若對方搶攻時已佔據角落位置，自己也要儘量霸佔其餘角落，免被對方的「兩頭蛇」夾攻。

「兩頭蛇」指同時多於一個機會贏出。

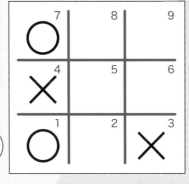

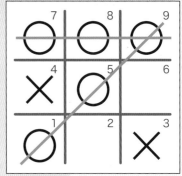

四子棋(Connect 4)

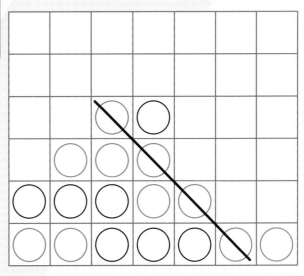

規則

人數：兩人

玩法：雙方以不同棋子代表自己（如不同顏色圓圈、一O一X等），在豎7排、橫6排共42格子上輪流畫棋子，棋子必須由每列最底一格開始畫，或棋子的對上一格。最先可於直、橫或斜4格連成一線一方勝出。

策略

❶ 先搶佔中間位置：這樣便可向上、左、右、斜等多個方向發展，機會較多。

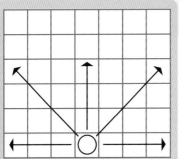

❷ 搶佔最底一行：搶佔中間之後，如對手將棋放在你之上一格，便應繼續進佔最底一行向右或左伸延，當已排列了3隻棋，不論對手將棋放在左或右攔截，你已穩操勝券。

天下太平

規則

人數：兩人或以上

玩法：玩家先建立「田」字形堡壘，再以猜包剪揼方式進行遊戲，每次猜贏可以興建設施，先是在堡壘內依次寫上「天下太平」四字，然後是畫旗幟（最多3支），之後是防護罩（最多3層），最後便是攻擊對方設施的戰機。所有設施齊備便可發動攻勢，攻擊次序是戰機、防護罩、旗幟和堡壘。被攻擊的一方只要猜贏對方便能重建設施或攻擊。最後其中一方的所有設施均被破壞，遊戲便結束。

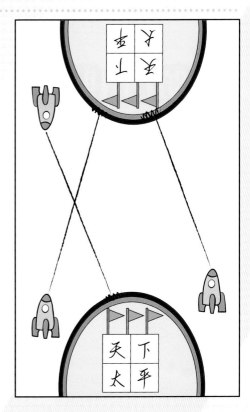

戰機沒有特定形狀，可自行設計，數量也不拘，想加強攻守力，當然多畫幾架戰機較好啦。

東南西北

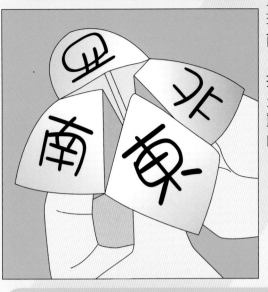

人數：兩人或以上

玩法：工具摺好後，玩家在四個表面寫上「東南西北」，每邊的裏面寫一些形容詞或指令（通常是惡搞字句），合共8個。一位玩家（主持）將「東南西北」套在4隻手指上，其餘玩家先說出方位，再說從上下或左右開始，之後說動多少下，主持移動相應次數後，最後開出來的便是該次結果。

▶ 例如玩家說「東面左右開始移動3下」，主持將「東南西北」先向左右分開，第2下是上下，第3下是左右，再看東面得出的指令是捽鼻，玩家便要按指令去做。

為何英語譯作「paper fortune teller」？

在西方國家，「東南西北」並非遊戲，而是占卜工具，「東南西北」會被數字或顏色取代，提問者問問題後，再說出數字（或顏色）及移動次數，得出來的便是占卜結果。

摺法

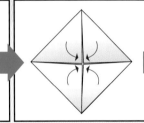

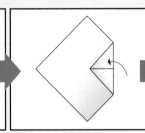

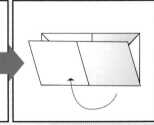

❶ 將四方形紙張的對角對摺。

❷ 攤開後將4邊角摺向中心。

❸ 翻到背面，再將4邊角摺向中心。

❹ 兩邊向內對摺一下便成形。

射龍門

人數：兩人

玩法：將白紙對摺，攤開後在摺痕上畫直線，中央畫小圓圈，再在圈的中央畫一點代表足球，然後雙方在半場下方畫龍門架（大小要一致）。猜包剪揼勝出一方可控制球前進。前進方法是，將筆直立於黑點上，手指按在筆的頂端，然後朝對方龍門方向射（畫）出去。再前進的話，就在筆劃最後停留的一端繼續。最先將球射進對方龍門便勝利。

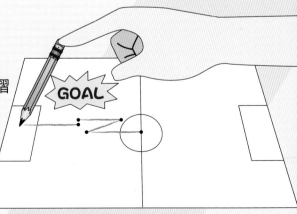

數獨

這是源於18世紀瑞士的解謎遊戲,直至80年代由日本發揚光大,並稱為「數獨(Sudoku)」。它並非運用算術,而是通過邏輯思考得出答案的遊戲,可鍛煉腦筋思維呢。

規 則

人數:一人

玩法:遊戲由橫直各9格組成,每3X3格則組成一個宮,合共9個宮。部分格子已填上數字(提示數),其餘空格則由玩家推理後填上,而答案只有一個。原則是要每一行、每一列、每個宮都要排上1至9的數字,不能重複。

（對話框）你們也試試玩這個入門版數獨吧!答案在下方。

		2	6					
9	8			5	1			
	6				3	4		5
	3	5	8				1	
7	9	6	1	2	4	3	8	5
8						7		6
	7		3	6	2		9	4
2	4		9	1		8	6	7
6	1	9	4	8		5	2	3

初階小貼士 基礎摒除法

即是當行、列、宮上部分提示數已出現,就要摒除填入那些數字。

筆倒翁

規 則

（對話框）玩的時候手要定啊!

人數:兩人或以上

道具:膠紙一卷、筆十數支

玩法:將所有筆穿過膠紙圈後平穩地立於枱面上,玩家猜包剪揼決定先後次序,輪流逐支筆抽走,但不能弄塌,最後弄塌的一方便算輸。

重點

①筆的數量不拘,但要能穿過膠紙圈而又不太緊太鬆,而且要儘量撐開筆的下方,使其能平穩地站立。

②抽筆的時候要輕力,避免太大動作移動到其他筆。

（數獨答案,原圖倒置印刷）

3	5	2	6	4	8	9	7	1
9	8	4	7	5	1	6	3	2
1	6	7	2	9	3	4	5	8
4	3	5	8	7	6	2	1	9
7	9	6	1	2	4	3	8	5
8	2	1	5	3	9	7	4	6
5	7	8	3	6	2	1	9	4
2	4	3	9	1	5	8	6	7
6	1	9	4	8	7	5	2	3

點格棋
（Dots and Boxes）

規 則

人數：兩人或以上

玩法：在紙上畫圓點形成方格羣，方格數量不限，愈多愈能增加難度。

　　玩家猜包剪揼決定先後次序，然後輪流畫線以直或橫方向連接兩點。當其中一人畫第4筆封閉方格，便能佔據該格，並可獲多畫一筆的機會。最後封閉所有方格，或不能再封閉方格便結束，佔據最多方格玩家勝出。

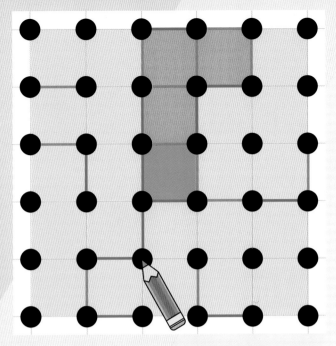

策略

想佔據更多格子便要多作鋪排，儘量在最多方格上畫上兩筆，逼使對手無路可走之下畫上第 3 筆，這時你便可畫第 4 筆佔據該格了。

海戰棋
（Battleship）

規 則

人數：兩人

玩法：每位玩家在紙上繪製兩個10X10格的棋盤，在縱軸寫1至10，橫軸寫A至J。在「我的港口」棋盤上，隨意擺放自己的5艘船隻，每

我的港口

	1	2	3	4	5	6	7	8	9	10
A										
B					○					
C										
D										
E						○				
F									✕	
G									✕	
H										
I										
J										

我的雷達

	1	2	3	4	5	6	7	8	9	10
A										
B								○		
C				○						
D										
E										
F				✕	✕					
G										
H										
I								○		
J										

艘船所佔格數分別為：航空母艦（5）、戰艦（4）、驅逐艦（3）、潛艇（3）、巡邏艇（2），可以不同顏色或英文字母標示，棋盤不要被對方看到。

　　雙方玩家輪流攻擊時要說出座標，如C4，被攻擊一方要向對方說明是否擊中，如整艘船全被擊中，要表明「沉沒」。最先將對方所有船隻擊沉便勝出。

　　擊中船隻以「X」為標記，「O」為沒擊中，被攻擊時標示在「我的港口」，攻擊對方時記錄在「我的雷達」。

我們的筆剛剛沒有墨，手上只有紙張，玩不到遊戲怎麼辦？

沒問題，紙張可以摺紙，完成後更可玩遊戲呢。

畫片

這個傳統玩意風靡於80年代的亞洲地區，直至今時今日仍是韓國很普及的小遊戲。

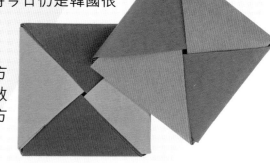

規則

人數：兩人
玩法：雙方製作大小一樣的正方形畫片，輪流以畫片打向對方放在枱或地上的畫片，先打至對方畫片翻轉的便勝出。

摺法

摺兩塊畫片只需要4張正方形的紙，掃描旁邊的 QR code 便可觀看摺紙教學。

擊翻小貼士

①畫片愈大愈好。
②畫片愈厚愈好。
③對正對方畫片的中心點攻擊。

爬行毛毛蟲

規則

人數：兩人或以上
工具：紙張、飲管
玩法：玩家製作長度一樣的紙毛蟲，然後每人手持一支飲管吹至毛蟲爬行，先吹過終點者勝出。

摺法

摺毛蟲需要一張長條形紙張，簡單易做，掃描旁邊的 QR code 便可觀看摺紙教學。

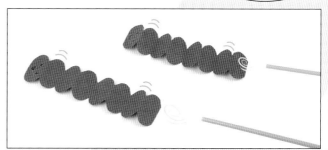

相撲力士

規則

人數：兩人

工具：紙張、空盒

玩法：雙方各自摺製相撲手，空盒畫上圓形相撲土俵，圓形中央畫兩條界線讓雙方相撲手站立。開始後雙方用手指不斷敲擊空盒兩旁，先讓對方相撲手退出圓形外便贏。

摺法

摺兩個相撲手需要兩張正方形紙，掃描旁邊的QR code便可觀看摺紙教學。

相撲是日本傳統國技，由兩名力士角力，被對方推出圓形土俵外，或腳掌以外身體任何部位觸地便算輸。每場比賽後相撲手會更新排名，最高級別名次為「橫綱」（總冠軍）。

彈跳青蛙

規則

人數：兩人或以上

玩法：玩家各自摺製青蛙，然後比賽用手彈跳青蛙，最先彈至終點者勝出。

摺法

摺製紙青蛙只需一張正方形紙，掃描旁邊的QR code便可觀看摺紙教學。

擲飛鏢

規則

人數：兩人或以上

玩法：玩家各自摺製飛鏢，完成後比賽擲向障礙物，先擲倒障礙物者勝出。

摺法

摺製一隻紙飛鏢需要兩張正方形紙，掃描旁邊的 QR code 便可觀看摺紙教學。

飛鏢是日本忍者傳統兵器，日本人稱為「手裏劍」，原本以金屬製，在身處危險時投擲向敵人。

* 鳴謝正文社旅遊組負責製作今期專輯及簡易小廚神影片。

11

說到在家玩的小遊戲，怎可以不提棋類呢？

對啊，除了經典的遊戲棋，大偵探福爾摩斯也有推出好玩的紙品遊戲啊。

經典遊戲棋

七、八十年代，孩童間流行玩各款遊戲棋，不僅要鬥智，還要考驗耐性，昔日是小孩消磨時間的玩意。最經典的棋類包括飛行棋、鬥獸棋、黑白棋、大富翁等等，你們有聽過及玩過嗎？

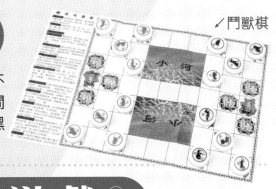

↙鬥獸棋

福爾摩斯紙上遊戲

同心抗疫棋

人數：二至四人

玩法：類似飛行棋，玩家輪流擲骰前進，途中須按部分格上的指示行動，可能是前進、後退或返回起點等，最先到達終點者獲勝。玩家可邊玩棋同時，邊學到防疫小知識呢。

售賣：隨第50期《兒童的學習》及第181期《兒童的科學》附送。

詩詞成語競奪卡

人數：兩人（另需主持一人）

玩法：雙方平均分配成語卡，各自默記卡牌位置後翻轉，主持人隨機讀出一首詩詞，玩家鬥快觸碰相關的成語卡牌，正確的話可移走該卡牌，並將自己一張牌移到對方陣地，最先清空陣地者為勝。

售賣：訂閱《兒童的學習》一年可免費獲得。

數學遊戲卡

人數：兩人或以上

玩法：有52張運算卡及2張功能卡，玩法有多種，例如鬥快找出各自手上答案是「1」的運算卡，之後是「2」，如此類推。或者玩家邊輪流數1至13邊出牌，若運算卡答案與叫出的數吻合，玩家要鬥快拍向桌面，最慢者要將已出的牌取走繼續遊戲，先派出所有運算卡者勝利。

售賣：原價$88，經郵購或rightman.net網購$78。

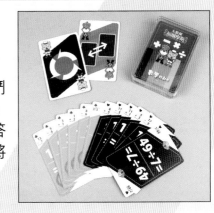

趣味小實驗

會移動的小船

工具：
發泡膠、牙籤、
洗潔精、一盆水

做法：將發泡膠剪成小船
形狀，用牙籤沾少許洗潔
精塗在船的凹位，將塗了
洗潔精的一面放在水面，
小船竟然可自動行走！

為甚麼會這樣？

水的表面具有張力，而洗潔精含有
表面活性劑，是一種可分解液體張
力的物質，從而推動小船前進。洗
潔精以外，肥皂水也可以的啊！

自製牛油

工具：淡忌廉200ml、膠樽、隔篩、杯
做法：將淡忌廉倒進膠樽內，扭緊樽蓋，上下用力
搖膠樽，約五分鐘後會開始成奶霜狀，再搖約五分
鐘，離心力會令乳脂和乳清
分離。預備一隻杯，上
面放上隔篩，將乳脂
和乳清慢慢倒進隔篩
過濾，剩在隔篩的乳
脂便成牛油，包上保
鮮紙放進雪櫃冷藏可存
約一周。剩下的乳清可直
接飲用。

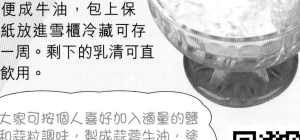

大家可按個人喜好加入適量的鹽
和蒜粒調味，製成蒜蓉牛油，塗
在麵包上烘烤很惹味的啊！

掃描旁邊的QR code可
觀看牛油的製作過程。

在家做些小實驗，除了學懂背後的原
理，也發現原來生活充滿趣味呢。

乳脂→

乳清→

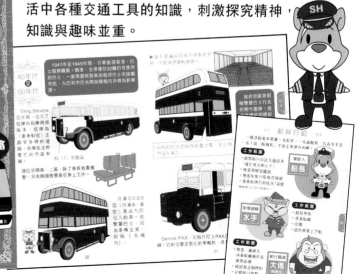

大偵探 福爾摩斯
SHERLOCK H M博士外傳

⑨ 燈塔看守人的失蹤

奧斯汀・弗里曼＝原著　厲河＝改編

陳秉坤＝繪　　陳沃龍、徐國聲＝着色

愛德蒙・唐泰斯
年輕船長。因冤罪而被囚於煉獄島。

福爾摩斯　精於觀察分析，曾習拳術，是倫敦最著名的私家偵探。

上回提要：

　　年輕船長唐泰斯被誣告入獄，逃獄後要找陷害他的仇人唐格拉爾和費爾南報仇。他化身成神甫和蘇格蘭場驗屍官桑代克，成功令曾見死不救的裁縫鼠被警方拘捕並判處死刑。接着，他查得兩個仇人的行蹤後，使計令燈塔看守人哈利自殘左腿騰出職位，讓唐格拉爾前往燈塔填補空缺，令他與因財反目的費爾南在燈塔上作困獸鬥……

　　「冤家……？千萬別這麼說！好……好久不見了，你……你**別來無恙**吧？」唐格拉爾慌張得**期期艾艾**，「哈哈哈，君子**不念舊惡**嘛。費爾南，我們回復以往那樣，繼續做個好朋友吧。」

　　說完，他掏出手帕一邊擦着臉上的冷汗，一邊誠惶誠恐地看着眼前的多年「好友」。

　　「坐下，坐下來慢慢說。」費爾南指了指旁邊那把殘舊的扶手椅，「看你那副**寒酸相**，怎麼連**牙齒也掉光**了？這幾年過得很苦嗎？那些金條怎樣了？已把金條花光了吧？否則，也不用淪落到這裏來了。」

　　「不，被搶走了！費爾南，金條全給搶走了啊。」唐格拉爾邊坐下邊說，「事情已過去了，那些水手已**葬身大海**，忘記那件事吧。我們不說出去，沒有人會知道的。」

　　「**哼！**說得好哇！知道太多秘密的人最好就是被吊死，或者葬身大海吧？對嗎？」費爾南說着，在狹小的客廳中煩躁地**來來回回**。

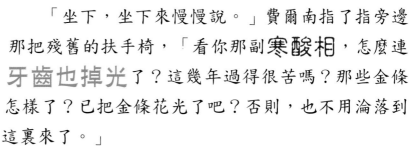

每當他走近時，唐格拉爾都會被嚇得在椅上**縮作一團**。

「光盯着我幹嗎？」費爾南粗暴地說，「怎麼不抽根煙，或者找些事情幹？」

唐格拉爾慌忙從口袋中掏出**煙斗**和**煙草袋**，顫手顫腳地倒出一點**煙絲**塞進煙斗中。他把煙斗叼在嘴裏，往口袋中抓出了一根**紅頭火柴**往鞋底一劃，劃出了一絲藍白色的火苗。他盯着費爾南，一邊把火苗點向煙斗的煙絲，一邊大口大口地吸着。

同一時間，費爾南取出一把大折刀，走去拿來一塊堅硬的**煙草餅**，邊切着煙草邊盯着這個曾經出賣他的舊伙伴。

「煙斗好像塞住了。」唐格拉爾吸了幾口後，**誠惶誠恐**地問，

「請問有沒有鐵線之類的東西？」

「沒有。」費爾南冷冷地應道，「煙斗倒是多的是，你吸我這個吧。」說着，他把自己剛**塞滿煙草的煙斗**遞了過去。

「謝謝。」唐格拉爾小心翼翼地接過煙斗，眼睛緊緊地盯着費爾南手上那把閃閃發亮的**折刀**。

椅子旁邊的牆上掛着一個手工粗糙的**煙斗架**，上面擱着幾隻煙斗。費爾南伸手去摘下一隻時，他手上的折刀只是晃了晃，唐格拉爾已被嚇得臉色也變了。

費爾南又從硬煙草餅上默默地切下煙草時，唐格拉爾才敢**戰戰兢兢**地探問：「怎樣？費爾南，我們回到過去，繼續做個好朋友吧？」

這句說話馬上把費爾南惹火了，他屬聲喝道：「繼續做個好朋友？

你曾經**出賣我**，差點就**要了我的命**！竟敢說繼續做個好朋友？」

「這……」心虛的唐格拉爾不知如何回應。

「嘿嘿嘿，這個問題真要好好思考呢。但現在沒空跟你討論，我要去檢查一下馬達。」說完，費爾南就轉身出去了。

唐格拉爾看了看手上的兩隻煙斗，就把費爾南送給他的那隻叼在嘴裏，並把自己那隻掛到煙斗架上。接着，他*心神恍惚*地掏出一根火柴，點燃了煙斗抽起來。抽着抽着，他變得愈來愈*坐立不安*。終於，他生怕弄出甚麼聲響似的，*戰戰兢兢*地站了起來，又悄悄地走到門口豎起耳朵細聽。

沒聽到有甚麼動靜後，他探頭去看，外面仍然是一片濃霧。於是，他立即吹熄煙斗，把它塞進口袋裏，然後走到圍廊去，眼看*四下無人*，就*躡手躡腳*地往剛才上來的那道鐵樓梯走去。

「喂！你想去哪兒？」突然，身後響起了費爾南的聲音。

他*赫然一驚*，慌忙回身答道：「沒甚麼，只是想下去看看，我怕那隻船沒栓好，被水流沖走了就麻煩啦。」

「你不用操心，我會把它栓好。」

「是嗎？」唐格拉爾並沒停下腳步，「你的*同僚*呢？該還有一個人呀。我是說，我來頂替的那一個。」

「別*白費心機*了，你我之外，這兒沒有別人。他乘運煤船走了。」

「只有……只有我們兩個嗎？」唐格拉爾霎時被嚇得*面如土色*，但仍強裝鎮靜地說，「那麼，下面那隻船怎辦？誰送回去？」

「這事待會再說。你先收拾行李，安頓一下吧。」費爾南說着，一步一步逼近唐格拉爾。

「啊……」唐格拉爾大驚之下，猛地轉身往樓梯口跑去。

「**回來！**」費爾南怒吼一聲，拔腿就追。

但唐格拉爾沒有理會，他沿着樓梯奮力地衝下去。費爾南追到樓

梯口時，他已差不多衝到燈塔的最底層了。不過，他太慌張了，在匆忙之間摔了一跤，幸好他抓住了欄杆，才不至於失足掉到海中。

可是，當他走到梯子前正想往下攀之際，費爾南已追到，還一手抓住了他的後領。

唐格拉爾伸手往懷裏一摸，再猛地回身一劃，**一道白影**在費爾南的前臂上**掠過**。

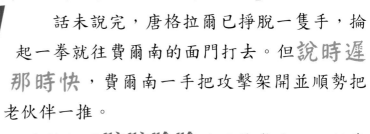

「豈有此理！」費爾南一拳揮下，唐格拉爾慘叫一聲，已見其手中的匕首被打得飛脫，「嗖」的一下正好插在下面小船的木板上。

「你這狗養的！竟敢用刀砍我！」費爾南用流着血的手掐住唐格拉爾的脖子，喉頭迸出一股低沉的怒號，「你的刀法依然不賴呢！是你出賣我吧？對嗎？」

「不，我沒出賣你！」唐格拉爾哭喪着說，「我甚麼也沒說，放過我吧！我沒想過害你！我沒──」

話未說完，唐格拉爾已掙脫一隻手，掄起一拳就往費爾南的面門打去。但**說時遲那時快**，費爾南一手把攻擊架開並順勢把老伙伴一推。

唐格拉爾**踉踉蹌蹌**地退後幾步，正好靠在欄杆上**搖搖欲墜**。

「去死吧！」費爾南上前再用力一推。

7月的早晨天朗氣清，化身成為蘇格蘭場法醫的桑代克，來到了位於聖殿碼頭的港務局，探望早前認識的**李船長**。

一個拿着煙斗，滿面白鬍子的老人早已在門口相迎，他一看到桑代克，就大聲叫道：「**哈哈！**今天天氣很不錯呢，真高興你來看俺啊！」與豪爽叫聲非常匹配，他是一個體格魁梧的老船長。

這時，他身後鑽出一個十二三歲的少年，瞪着一雙機靈的眼睛看了看桑代克，以懷疑的口吻向老船長問道：「他就是蘇格蘭場的**警探**？與我想像的不一樣呢。」

「**猩仔！**怎可以在人家面前這樣說話，太沒有禮貌了！」老船長叱責一聲，然後轉向桑代克說，「這小毛孩是俺的孫子，被她媽寵壞了，說話**沒大沒小**的，請你見諒。」

「沒關係，小孩子嘛，活潑一點好。」桑代克笑道。

老船長摸摸孫兒的頭，說：「俺這頑皮的孫子，知道你是蘇格蘭場的警探後，就說非要見見你不可了。他自小的志願就是當警察，還**大言不慚**地說甚麼**懲惡懲奸**，要**為民除害**呢！」

「這志願很不錯嘛。」桑代克向猩仔笑道，「不過，我不是警探，我只是蘇格蘭場的法醫罷了。」

「法醫？那是幹甚麼的？」猩仔不明所以。

「法醫的工作主要是通過檢驗屍體來調查**死因**，協助警察破案。」桑代克說，「我們不會去抓犯人，也沒有槍，有的只是解剖刀、放大鏡和鑷子之類的工具啊。」

「甚麼？沒有槍？也不會去抓犯人嗎？太沒趣了。」猩仔有點失望，但他想了想，又瞪大眼睛問，「你剛才說檢驗屍體，那不是常常可以看到**死人**嗎？」

「是啊，我在工作上接觸死人的時間要比活人多呢。」桑代克笑問，「你怕不怕？」

「我怎會怕死人？我是全班最大膽的，上生物課時還親自解剖過青蛙！太簡單了！」

「哎呀，別亂吹了。」老船長沒好氣地說，「桑代克先生要從屍體中找出線索來破案，怎可與解剖青蛙**相提並論**。」

「你爺爺說得對，我們當法醫的常會遇到**千奇百怪**的罪案，要找出線索並不容易啊。」

「啊，對了。」老船長想起了甚麼似的說，「說起**千奇百怪**，俺這兒也有一樁案子很奇怪，你可以給點意見嗎？」

「好呀，究竟是甚麼案子？」

「**說來話長**，不如我們到長堤去散散步，邊走邊說吧。」老船長提議。

「好呀。」

桑代克心中暗想：「**正中下懷**！我正等着你說出這句話呢。」

老船長邊走邊說：「簡單說來，是有位燈塔看守人失了蹤，就像水蒸氣似的在空氣中消失了。我們懷疑他可能犯了甚麼事，突然跑了。也可能失足掉到海中淹死了，又或許被仇家**毀屍滅跡**，殺了！」

「願聞其詳。」桑代克說。

「事情是這樣的，你聽俺說。」老船長繼續道，「有個叫哈利的燈塔看守人在燈塔執勤時摔斷了腿，一艘路過的運煤船把他救了，拉姆斯蓋特的官員就安排了一個名叫**阿莫斯·托德**的失業水手去頂替他。本來，是該由海岸巡邏隊負責送替工去燈塔的，但那天剛好把船拿去維修了，反正那個替工又懂得駕駛帆船，就讓他把港務局的**委任信**帶在身上，叫他自己駕船去哥德勒燈塔了。可是，事後據燈塔的另一位看守人傑弗利說，替工並沒有出現，一直到現在仍找不到他。」

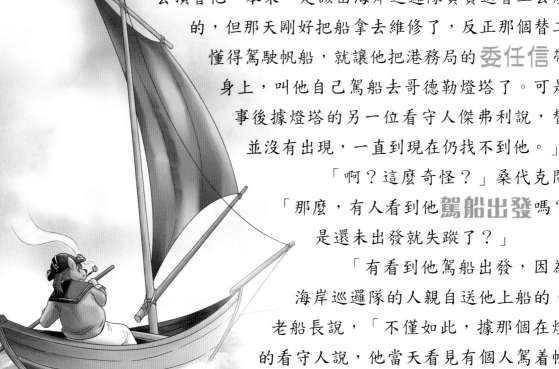

「啊？這麼奇怪？」桑代克問，「那麼，有人看到他**駕船出發**嗎？還是還未出發就失蹤了？」

「有看到他駕船出發，因為是海岸巡邏隊的人親自送他上船的。」老船長說，「不僅如此，據那個在燈塔的看守人說，他當天看見有個人駕着帆船

向燈塔駛來，但突然吹來一陣**濃霧**把船罩住了，當霧散去後，船卻不見了。就是說，連人帶船都失蹤了。」

「會不會是在濃霧中被大船**撞翻**了呢？」桑代克問。

「也有這個可能，但我們沒收到事故報告。」老船長說，「據海岸巡邏隊的人說，那個名叫托德的替工駕船出發時，把船帆拉得太緊，要是刮起大風的話，很容易翻船。不過，當日**海浪不大**，也沒有**風暴**。」

「他身體沒甚麼毛病吧？」桑代克問，「出海時有異樣嗎？」

「報告上沒寫啊，該沒有甚麼異樣吧。不過，那份報告卻寫了很多**無關痛癢**的細節。」老船長有點氣惱地說，「例如，說他扯起了船帆後，就掏出**煙袋**，把煙袋裏的**煙葉**塞到手上的煙斗去，一邊開船一邊抽煙。你聽見了吧？報告是說他『把煙袋裏的煙葉塞到手上的煙斗去』，難道把煙葉塞到鼻孔裏去嗎？當然是塞到煙斗去啦！最離譜的是，竟特意寫明是『手上的煙斗』，這是甚麼**屁話**啊！當然是『手上的煙斗』啦，難道是『腳趾夾着的煙斗』嗎？簡直就是**廢話連篇**！」

「哈哈哈，聽起來確實有點廢話呢。」桑代克笑道，「不過，以蘇格蘭場的標準來說，這份報告寫得不錯啊。因為，案情報告必須**巨細無遺**地把所有細節記錄下來，而且不得以個人喜好選擇性地陳述。」

「哎呀，話是這麼說。不過，甚麼煙斗啦煙葉啦，跟他的失蹤又怎會有關呢？」

「這倒很難說，有時一些看來**無關痛癢**的事情，往往會成為破案的關鍵。」桑代克說，「因為，一件物件或一些瑣事的意義，有時要與其他證據**連繫一起**，才能顯現出來的。」

這時，不遠處傳來了「噠噠噠」的馬達聲，一艘拖網船正在靠岸。

老船長看到了，感到奇怪地說：「它來這裏幹甚麼呢？」

拖網船停定了後，看似要往碼頭卸下一件甚麼東西。老船長連忙領着桑代克和猩仔上前去查看。

「喂！你們在幹甚麼？」老船長揚聲問。

「我們在海上撈到**一具屍體**，所以把它送來了。」一個船主模樣的壯漢在船上大聲應道。

「甚麼？屍體？把屍體送來這裏幹嗎？」老船長訝異地問。

「等一等，我下來向你解釋！」壯漢縱身一躍，跳到碼頭上。

他快步走了過來，暗中往桑代克遞了個**眼色**，然後向老船長說：「我們是在南辛格斯灘靠近燈塔的海灘上發現那具屍體的，在他的口袋中找到了**一封信**，所以估計他是你們的人。」

說着，他從口袋中掏出一封信，遞給了老船長。

老船長打開信一看，不禁驚叫：「啊！這是用**港務局信箋**寫的委任信，上面還有**托德**的名字，證明他已獲聘當哈利的替工。」

「啊！那不就是爺爺你剛才說的那個人嗎？」猩仔亢奮地叫道。

「**傻瓜！別吵！**」老船長罵完，轉向桑代克說，「太巧合了！那具屍體好像衝着你來的呢！要不要去看看？」

「這個嘛……」桑代克故意裝出有點猶豫地說，「你必須報了案，我才可以正式展開工作啊。」

「這個當然，但你也可以先看看呀。」老船長說。

「對！桑代克先生，你先看看吧！」猩仔熱切地說，「我可以當你的**助手**幫忙啊！我**膽子**和**力氣**也很大，絕不怕死人的！」

「是嗎？」桑代克給逗笑了，「好吧，那麼我就初步檢查一下屍體吧。幸好我常常帶着工具包，可以做簡單的檢查。」

「太好了！希望這只是意外，不是**兇殺**吧。」老船長擔心地說。

「啊！就是說有可能是兇殺啦！」猩仔興奮得**手舞足蹈**，「怎麼辦？怎麼辦啊？太刺激了！」

「你這沒腦的傻瓜！很喜歡兇殺嗎？」老船長又「**咚**」的一聲，用煙斗敲了一下猩仔的腦瓜兒。

接着，老船長叫拖網船的船員幫忙，把屍體搬往港務局的一間小屋去。桑代克在後面跟着，他知道，那不是甚麼**阿莫斯·托德**，那是**唐格拉爾**，正如他不是**桑代克**，是**唐泰斯**一樣。

原來，桑代克在喬裝成意大利神甫接觸哈利之前，早已查出了唐格拉爾和費爾南的下落，知道費爾南為逃避警方追捕而化名到一座偏僻的燈塔當**看守人**。唐格拉爾更倒霉，本以為獨吞金條後可以到外國去當寓公，卻沒想到遇上**黑吃黑**，不但所有財物被搶去，還遭痛毆一頓，連前排的牙齒也全被打落了。他在警方追緝下也化了名在英國各地流轉，有時當當水手，有時又打打散工糊口。當唐泰斯以神甫身份接近他時，他已失業半年，幾乎花光了積蓄。

於是，唐泰斯想出了一個**一石二鳥**之計，他先遊說費爾南的同僚哈利打斷自己一條腿，故意騰出空缺，好讓他介紹唐格拉爾到費爾南的燈塔當替工，讓這兩個**反目成仇**的「好友」困在燈塔之中**自相殘殺**！

他雖然不知道當晚燈塔上發生了甚麼事，但他在濃霧中的一艘輪船上，用望遠鏡看到了那嚇人的一幕。

「先生，屍體已放好了。」拖網船船主的聲音打斷了唐泰斯的思路，令他馬上回到桑代克的角色中去。

「辛苦了。」桑代克**別有意味**地向船主瞥了一眼，「請留下姓名和聯絡方法，日後警察問到甚麼，你照直說就行了。」

「好的。」船主點點頭，就帶着他的船員離開了。

老船長看了看已躺在長桌上的屍體，說：「桑代克先生，現在看你的了。」

「好的。」桑代克點點頭。這時，他發現猩仔躲在他爺爺身後，「咕嚕」一聲吞了口口水，看樣子又好奇但又有點害怕。

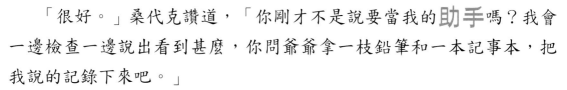

桑代克向他笑道：「怎樣？現在看到死人了，害怕嗎？」

「害怕……？別……別開玩笑。」猩仔**硬着頭皮**走出來說，「我又不信世上有鬼，人死了沒甚麼好害怕的！」

「很好。」桑代克讚道，「你剛才不是說要當我的**助手**嗎？我會一邊檢查一邊說出看到甚麼，你問爺爺拿一枝鉛筆和一本記事本，把我說的記錄下來吧。」

「真的？你真的讓我當助手？」猩仔精神為之一振。

「**不、不、不！**」老船長慌忙阻止，「我怕他壞了事啊。」

「沒關係，我看猩仔他膽子大，對搜證的工作好像很有興趣，說不定將來真的能成為警探，就讓他試試吧。」桑代克笑道。

「真的沒問題嗎？既然你這樣說，就讓他試試吧。」老船長雖然有點遲疑，但仍答允了，並走去拿了鉛筆和記事本來。

「**太好了！**」猩仔開心地叫道。

「好了，小心聽着和記下來啊。」桑代克從頭到腳地一邊檢視屍體一邊說，「他年約30多歲，一身海員裝束，看來只是死了兩三天。幸運的是，身體沒有被魚蟹咬過，除了**左額被刮傷**了外，並沒有骨折和明顯的外傷。」

說完，桑代克把耳朵貼到屍體的胸口上，然後又用力地按了按屍體的胸腹，說：「他的肺部積了很多水，應該是**淹死**的。不過，必須解剖檢查才能下結論。」

「這麼說來，他一定是遇上了意外。」老船長說。

「桑代克先生，你剛才說的是左額還是右額？」猩仔問。

「左額。」桑代克說，「是**刮傷**，並非直擊額頭造成的傷痕，所以不會致命。但是，這個傷口卻有**別的含意**。」

「別的含意？甚麼意思？」老船長問。

桑代克從口袋中掏出一個皮夾子似的小包，從裏面取出一個鑷子和一張白紙，**小心翼翼**地將傷口周圍的頭髮撥開，再從傷口中鉗出了幾片**白色的小碎片**放到紙上。

「猩仔，你來看看，這是甚麼？」桑代克說。

「唔……」猩仔湊過去看了看，沒有太大信心地說，「看來是貝殼的碎片。」

「嘿！你的觀察力不錯，憑肉眼就分辨出來了。」桑代克說着，掏出了放大鏡，把它放到碎片前細看。

「怎樣？真的是貝殼嗎？」老船長好奇地問。

「看來是**藤壺的碎片**，和一些常見的**龍介蟲棲管的碎片**。」桑代克邊看邊說，「這些生物一般依附在碼頭的木椿上，如果死者是在海中被淹死的，為何他的額頭上會有這種傷口呢？」

「**船頭的底部**也常有藤壺呀，或許他在海中漂浮時被船頭撞到了。」老船長說。

「但龍介蟲的棲管呢？船頭不可能長着這些東西吧？」桑代克說，「不過，死者已出海了，也沒理由會碰到碼頭的木椿。惟一可能的，是他的屍體在海上碰到了**浮標**吧。但大海茫茫，撞到浮標的機會幾乎是零啊。」

「那麼，你的意思是？」老船長問。

「我的意思就是——」桑代克一頓，眼底閃過一下寒光，「他其實到達燈塔了，但不知怎的，又撞到**燈塔的椿腳**上，所以才會留下這種傷口！」

這邊廂，燈塔上的費爾南正站在圍廊旁邊，**心情忐忑**地看着黑壓壓的大海。他知道，一場巨大的風暴正逐漸逼近，令他感到**心緒不寧**。

「唐格拉爾……」費爾南心想，「那傢伙該已死了，我的擔憂已

消除了，為甚麼我仍然感到不安呢？難道……他**陰魂不散**，要來找我報仇？」

想到這裏，他內心閃過一下**戰慄**，當晚那一幕嚇人的情景霎時重現眼前……

在圍欄旁邊，唐格拉爾失去平衡，好像要抓住甚麼似的、拼命地在空中舞動雙手。可是，一切只是徒勞。他往後一仰，「**哇呀**」大叫一聲，就直往下面摔去！「乒」的一下響起，他好像在中途碰到了甚麼，然後才「**撲通**」一聲掉進海中。

唐格拉爾迅即在海面消失了，但不一刻，他又浮上了水面，雙手「**啪噠啪噠**」地亂舞，拼命地把頭伸出海面，又驚恐地大叫救命。那呼救聲聽來雖然並不響亮，但費爾南也感到**膽戰心驚**，畢竟在海面載浮載沉的是自己以前的好友。他這時才知道，原來**見死不救**跟親手了結一個人一樣可怕！

不一刻，唐格拉爾很快就被湍急的水流淹沒了。這時一陣迷霧吹來，罩住了海面。「**救我！費爾南！救我！**」一聲尖叫破霧傳來之後，再也沒聽到叫聲了。費爾南靜靜地盯着海面，他等呀等，大概等了十來分鐘，迷霧漸漸散去，但那個「好友」早已失去了蹤影。

他呆呆地站在圍廊上，腦袋一片空白。不知道呆站了多久，突然一下汽笛聲傳來，打斷了他的思緒。他赫然一驚，連忙抬頭看去，只見一艘**輪船**正在遠處的海面駛過。他知道，趕潮退的船隻都會朝這個方向駛來，迷霧可能很快就會完全散去。

這時，他往下一看，不禁**大驚失色**。

那隻小船！那隻小船還在下面！必須把小船處理掉！不然當船隻經過時看到了，自己就不能洗脫嫌疑了！

（下回預告：費爾南能否毀滅證據逃過大難？由唐泰斯化身而成的桑代克如何使出渾身解數，揭穿費爾南行兇的經過，並利用執法機關置仇人於死地？）

投幣轉動的 遊戲輪盤

也可以配合第50期贈送的大偵探福爾摩斯同心抗疫棋一起玩呢。

不用骰子也能玩棋盤遊戲？只要家中有用完的紙巾盒，就可以自製一台遊戲輪盤。不用電，只要投入硬幣，就能轉動。

親子

所需材料

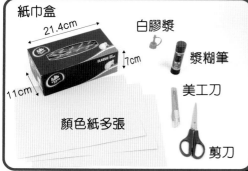

紙巾盒
21.4cm
7cm
11cm

白膠漿

漿糊筆

美工刀

顏色紙多張

剪刀

部件部分

p.29紙樣

A4尺寸紙皮一張（約2mm厚）

鉗
單孔打孔機
圓規
竹籤
粗繩

製作難度：★★★☆☆　製作時間：約 30 分鐘

*使用利器時，須由家長陪同。
*紙巾盒有不同尺寸，建議用7cm高的盒製作。

製作流程

紙巾盒製作

❶ 拆開紙巾盒攤平，取掉膠膜，如圖黏上顏色紙。

❸ 沿摺痕外摺回紙巾盒形狀，然後黏合側面。

❷ 如圖中尺寸，在A面中間輪盤位穿孔，以及在C面右上方裁剪一個投幣孔。在B面底部裁切一個可以打開及拿出硬幣的小門。

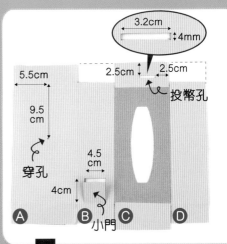

3.2cm
4mm
5.5cm
2.5cm
2.5cm
投幣孔
9.5cm
穿孔
4.5cm
4cm
Ⓐ Ⓑ Ⓒ Ⓓ
小門

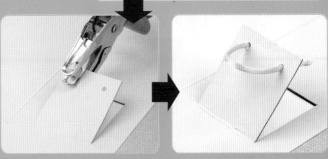

用打孔機打兩個孔，將繩子兩端穿過小孔後打結固定。

4 如圖中尺寸，裁出適當的紙皮。

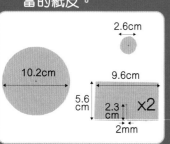

2.6cm

10.2cm

9.6cm

5.6 cm

2.3 cm ×2

2mm

5 剪下P.29輪盤及輪盤裝飾的紙樣，各自貼到紙皮上。

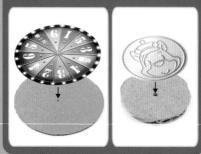

7 將做法6十字形紙皮放進紙巾盒內。

竹籤

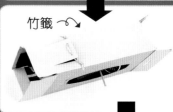

竹籤穿過十字形紙皮及做法2中的小孔，最後把輪盤及輪盤裝飾穿進去。

6 將兩張長方形紙皮組合成十字形，小心插入竹籤後取出。

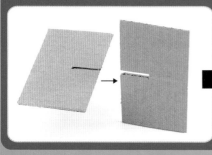

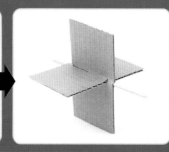

8 塗上白膠漿固定輪盤及輪盤裝飾，待白膠漿乾透後才做下一步。

紙巾盒背面製作

9 在顏色紙上標記穿孔位置，位置如圖。

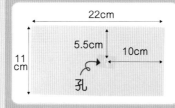

22cm

5.5cm

10cm

11 cm

孔

輪盤轉動會弄破顏色紙，宜貼上多層膠紙加強韌度。

10 鋪上顏色紙，將竹籤穿過小孔固定，然後黏好。

11 黏合盒蓋、盒底，用鉗剪掉多餘竹籤。

製作小貼士

1. 穿孔時，用圓規鐵針慢慢刺穿紙巾盒，之後就能插入竹籤。
2. 黏合紙盒前，投入硬幣測試輪盤能否順利旋轉，再作調整。
3. 輪盤數字可以自訂，用打印機列印或手繪也可以。

黏上箭咀及其他裝飾就完成了！

大偵探
福爾摩斯
SHERLOCK HOLMES

箭咀

輪盤

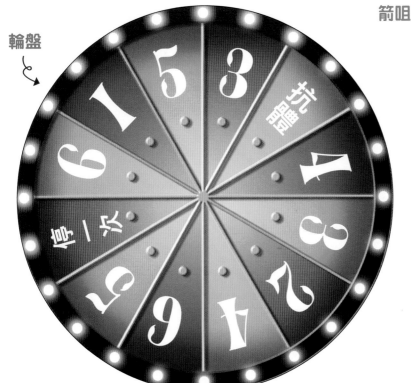

輪盤
裝飾

30

親子玩樂時光

傳染病雖然開始緩和，但我們也不能鬆懈。趁此機會，與爸爸媽媽留在家中玩遊戲吧！

A LEGO City太空科研專員城市人物套裝 60230 **1名**

太空船準備升空，太空總署內的太空人、科學家及工程師們正忙着作測試，準備展開火星探索任務。

B 勝在有腦兒童版2 **1名**

訓練腦力的桌上遊戲，考你的記憶力、思考力、邏輯力。最快獲得4塊大腦拼圖就勝出。

C 反斗奇兵三眼仔升空 **1名**

可自訂規則。每人輪流將太空鑰匙插進桶裏，看誰最快讓三眼仔彈出來。

D 魔力橋數字牌遊戲旅行裝 **1名**

在時限內，將3個或以上數字牌構成的組合順序排列，最先打完手上的牌便勝出。

E 樂高小動物迷飾盒連相插 41904 **1名**

利用LEGO顆粒組裝與裝飾的動物盒子，既是相插，也是小物盒。

F 星光樂園舞台套裝+角色補充裝 **1名**

眾歌星登上華麗舞台傾力演出，不容錯過！

G 點心到！ **1名**

化身酒樓侍應，在時限內完成客人的訂單。

H ZGMF-1001/M 烈火渣古幻影 **1名**

具備在中遠距離上準確射擊的能力。

I Crayola魔法填色本冰雪奇緣 **1名**

填色本連畫筆，填色後利用APP與角色互動。

第50期得獎名單

	獎品	得獎者
A	LEGO 31096雙旋翼直升機	賴裕峯
B	角落生物睡衣派對系列大公仔	鄧愷翹
C	Crayola Virtual Design Pro	岑愷晴
D	BT21 COOKY連帽頸枕	Mak Long Sen
E	戰國風雲：世界爭霸戰	李柏謙
F	叢林Baby套裝	葉艾希
G	星光樂園Priticke File + 遊戲卡及寶石套裝2份	彭守潔
H	Strand Bands	柯善瑤
I	Breakout Beasts	葉汶謙

第48期得獎者
吳佑藍

《大偵探福爾摩斯》M博士外傳中，法醫桑代克再次登場，在看他如何透過蛛絲馬跡揭開真相之餘，也要留意當中的成語啊！

〔別來無恙〕

「冤家……？千萬別這麼説！好……好久不見了，你……你**別來無恙**吧？」唐格拉爾慌張得期期艾艾，「哈哈哈，君子不念舊惡嘛。費爾南，我們回復以往那樣，繼續做個好朋友吧。」

> 分別以來平安順利，多用作問候語。

很多成語都與「無」字有關，你懂得以下幾個嗎？

無稽 ☐ ☐
沒有根據的説法。

☐ ☐ 無猜
男孩女孩一起玩耍，沒有避嫌及猜疑。

無所 ☐ ☐
沒有工作，甚麼事都不做。

☐ ☐ 無首
團體中沒有領導者。

〔面如土色〕

> 形容受到驚嚇，瞼色變得像泥土一樣。

「別白費心機了，你我之外，這兒沒有別人。他乘運煤船走了。」

「只有……只有我們兩個嗎？」唐格拉爾霎時被嚇得**面如土色**，但仍強裝鎮靜地説，「那麼，下面那隻船怎辦？誰送回去？」

很多成語都運用了比喻手法，以下五個全部被分成兩組並調亂了位置，你能畫上線把它們連接起來嗎？

如膠 •　　• 如洗
如履 •　　• 薄冰
歸心 •　　• 反掌
一貧 •　　• 似漆
易如 •　　• 似箭

〔大言不慚〕

自我吹噓、誇大其辭而沒有感到羞恥。

「哈哈哈！桑代克先生，你太謙虛了。」老船長大笑，「我這頑皮的孫子，當知道你是蘇格蘭場的警探後，就說非要見見你不可了。他自小的志願就是當警察，還**大言不慚**地說甚麼做惡懲奸，要為民除害呢！」

很多成語都與「言」字有關，你懂得用「令色、在耳、意賅、以人、鑿鑿」來完成以下句子嗎？

①他的文章言簡 ☐☐，以簡單言辭就能説明事情始末，深得老師讚賞。

②他雖然已經畢業多年，但老師的話仍言猶 ☐☐，印象深刻。

③他説起那件事時言之 ☐☐，當大家知道那只是虛構的，都嚇了一跳。

④他重用的都是巧言 ☐☐ 之人，只會討好他，沒有一個真心輔助他。

⑤只要意見的理據充足，他就會採納，不會因對方的身份和學歷而 ☐☐ 廢言。

〔無關痛癢〕

對與自己利害沒有關係的事毫不在意。

「這倒很難説，有時一些看來**無關痛癢**的事情，往往會成為破案的關鍵。」桑代克説，「因為，一件物件或一些瑣事的價值，有時要與其他證據連繫一起，才能顯現出來的。」

以下的字由四個四字成語分拆而成，每個成語都包含了「無關痛癢」的其中一個字，你懂得把它們還原嗎？

無息相撓　_____

不關心首　_____

息疾痛學　_____

難心術癢　_____

答案：

大言不慚

①言簡意賅

②言猶在耳

③言之鑿鑿

④巧言令色

⑤不以人廢言

無關痛癢

息息相關

漠不關心

無關宏旨

痛心疾首

無師自通

手無縛雞之力

不學無術

無關痛癢

簡易小廚神

自包自煮
韭菜豬肉水餃

製作難度：★★★☆☆
製作時間：45分鐘
（不包括浸泡及醃餡料時間）

在家包餃子是上佳又簡單的親子料理活動，也可以使用製作碗仔翅時剩下的木耳作餡料啊！

掃描 QR Code
可觀看製作短片。

水餃餡料配搭甚多，不喜歡韭菜，也可以用白菜、椰菜、粟米等代替啊！

所需材料 （約可做20隻）

韭菜 70g
雞蛋 1隻
免治豬肉 200g
圓形餃子皮 約30塊
木耳 3塊
急凍蝦肉 60g

調味料

鹽 1/3茶匙
糖 1/3茶匙
生抽 1茶匙
胡椒粉 適量
麻油 數滴
粟粉 1/2茶匙

---

1 木耳洗淨後浸泡3至4小時，然後切粒。

2 韭菜洗淨後切粒，蝦肉解凍後洗淨切粒。

*使用利器時，須由家長陪同。

3 雞蛋將蛋黃及蛋白分開。

4 將豬肉、蝦肉及木耳放入大碗內，加入所有調味料及蛋黃拌勻，再放入韭菜拌勻。

5 將做法4餡料包好保鮮紙，放進雪櫃約30分鐘。

6 將適量餡料放在餃子皮中間，用手指沾上蛋白塗在餃子皮半圓部分，然後對摺。

7 手指沾蛋白塗在半圓餃子其中一角，輕力將餃子摺屈並黏好。

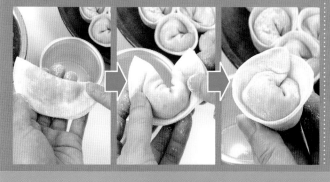

8 把餃子放入沸水中，以中火約煮5分鐘，撈起便可食用（可蘸點醬油或醋同吃）。

完成

*使用爐具時，須由家長陪同。

各地餃子大不同

餃子據說源自中國東漢年間，歷史悠久，中國人習慣以之作為主食。其後傳至日本、韓國及歐洲等地，加以改良，即成當地特色食物。

地方	名稱	食法	餡料	外形	煮法
中國北方	餃子	是主食，也是過年、元宵、元旦、生日必備食物	豬肉、蔬菜	元寶狀	煮、蒸
日本	餃子	通常佐以拉麵、炒飯	豬肉、韭菜或椰菜	彎月狀	煎
韓國	만두（饅頭）	小吃	豬肉、泡菜、豆腐、芽菜	圓球狀	蒸、放湯
意大利	Ravioli / Tortelli（雲吞）	小吃	芝士、菠菜、火腿、肉腸等	Ravioli 四方形，Tortelli 戒指狀	汁煮

語文題　❶ 英文拼字遊戲

根據下列1~5提示，在本期英文小說《大偵探福爾摩斯》的生字表（Glossary）中尋找適當的詞語，以橫、直或斜的方式圈出來。

U	C	O	N	S	I	D	E	R	A	T	E
B	A	M	L	T	O	I	H	E	V	A	O
R	P	E	Y	E	N	D	M	P	G	U	J
E	N	D	U	R	E	C	I	U	O	P	Q
A	E	B	T	N	R	E	S	T	N	L	D
I	K	U	C	L	B	S	E	A	S	O	N
O	U	R	A	Y	U	K	A	T	Y	H	J
N	N	E	D	J	T	Y	R	I	E	G	E
T	H	A	E	C	Y	E	L	O	F	M	R
Y	R	F	R	O	S	T	Y	N	A	E	Y

例（動詞）調味
1. （副詞）厲聲地、嚴厲地
2. （動詞）治癒、癒合
3. （動詞）忍受
4. （形容詞）體諒的、體貼的
5. （名詞）名譽、聲望

❷ 看圖組字遊戲　　試依據每題的圖片或文字組合成中文單字。

例　悲

a ＿＿

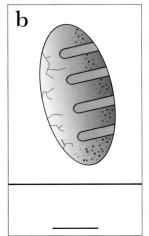

b ＿＿

c ＿＿

X=? 推理題

③ 象棋比賽排名

教授蛋、活潑貓、頑皮貓、無膽熊和問題羊參加了象棋比賽，你能從眾人的話中，推斷出名次嗎？

 很可惜，我不是第一名。

 教授蛋比我高一名。

 我拿不到第一名，但也不是最後一名。

 我不是第二名啊！

我比無膽熊低兩名。

8 7 4 3 數學題

④ 水果的重量

一個橙和一顆士多啤梨合共350g，一個橙和一個蘋果合共500g，一個蘋果的重量等於四顆士多啤梨，你能計算出一個橙的重量嗎？

①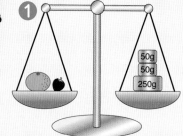

②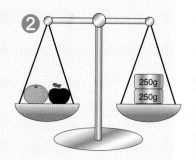

③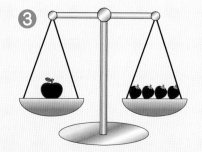

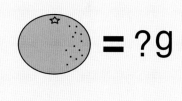 = ?g

---

2.a 薯 b.帽 c.櫃

答案

3. 從不同的說話中可推斷出：第一名😺，由😺和🐈都是相鄰的名次，所以🐱只能是第三名。由😺比🐈高一名，得🐈第二名；由😊不是第二名、不是第五名，所以🐱第四名，問題羊第五名了。

第一名：😺　第二名：🐈　第三名：🐱
第四名：🐻　第五名：🐑

4. 如圖3，一個蘋果的重量等於四顆士多啤梨，代入圖2，即🍊=500g，減去圖1的350g，救橙和蘋果重150g、🍓重50g，所以🍊重300g。

Y	E	A	N	Y	T	S	O	R	F	R	Y
R	M	F	O	L	E	Y	C	E	A	H	T
E	G	E	I	R	Y	T	J	D	E	N	
O	N	Y	T	A	L	U	K	U	Y	A	R
I	K	U	C	L	B	S	E	A	S	O	N
A	E	B	T	N	R	E	S	T	N	L	D
G	R	O	U	P	C	E	R	U	D	N	E
E	N	U	O	I	P	U	J	U	G	P	M
R	P	E	Y	E	N	D	M	P	G	U	J
B	A	M	L	T	O	I	H	E	V	A	O
U	C	O	N	S	I	D	E	R	A	T	E

厲河老師的 實戰寫作教室

實戰寫作教室　語文

由下期開始，本刊將連載由《大偵探福爾摩斯》系列作者厲河老師主持的專欄「實戰寫作教室」。在這個專欄中，厲河老師會親自批改讀者寄來的短篇故事，讓大家從中學習如何寫作，提高創作故事的能力。

形式大致如下

這天，忽然吹起一陣狂風大雨，小明①（刮）無辜地②（那可憐的）看着自己的紙皮屋再一次被風雨毀壞③（摧毀）。這時，一道強光射出來④（一閃），一間破舊的小屋子出現了⑤（在眼前）。小明興奮得手舞足蹈，三步併作兩步快速地跑去⑥（莫名地跑過去）那間屋子，然後心急地打開大門，令他意料不到的是，屋內是完美無缺的⑦（雖然陳舊），沒有一件傢俬是損壞⑧（破爛）的。他終於擁有了第一間完美⑨（可供棲身）的屋子，他太開心了，眼淚不知不覺湧出來⑩（不禁熱淚盈眶）。

① 用「刮」比「吹」更有力，因為「刮」一定是大風，但「吹」也可用在吹熄一枝蠟燭上。
② 「小明無辜地」是指小明無辜還是紙皮屋無辜呢？如是後者的話，改成「那可憐的紙皮屋」就更貼切了。
③ 這裏用「摧毀」比「毀壞」更有力也更準確。
④ 「射出來」欠缺速度感，在這裏用「一閃」更有效果。
⑤ 只寫「出現了」力度和現場感皆弱，改成「出現在眼前」可補不足。
⑥ 過多又不必要的形容只會打斷故事推進的節奏，改成「興奮莫名地跑過去」就足夠了。
⑦ 由於之前說過那是一間破舊的小屋，如屋內「完美無缺」似乎不合邏輯（當然也非絕不可能），改成「屋內雖然陳舊」。由於寫了「雖然」，下一句就要配上「但」。
⑧ 「破爛」比「損壞」在意思上更準確。
⑨ 「破舊的屋子」應該不會「完美」，故改成「可供棲身」較合適。
⑩ 「眼淚不知不覺湧出來」有點贅累，改成「不禁熱淚盈眶」更簡潔有力。

快點把你的故事寄來吧！

一經刊登可獲贈正文社網站購物現金券HK$300元。

投稿須知：
※短篇故事題材不限，字數約400至800字。
※必須於投稿中註明以下資料：
小作者的姓名、筆名（如有）及年齡，家長或監護人的姓名及聯絡電話。
※第一次截稿日期：2020年6月26日。
　第二次截稿日期：2020年7月24日。

投稿方法：
郵寄至「柴灣祥利街9號祥利工業大廈2樓A室」《兒童的學習》編輯部收；或電郵至editorial@children-learning.net。信封面或電郵主旨註明「實戰寫作教室」。

SHERLOCK HOLMES

大偵探福爾摩斯

The Silent Mother ⑥

Sherlock Holmes
London's most famous private detective. He is an expert in analytical observation with a wealth of knowledge. He is also skilled in both martial arts and the violin.

Author: Lai Ho
Illustrator: Yu Yuen Wong / Lee Siu Tong
Translator: Maria Kan

Watson
Holmes's most dependable crime-investigating partner. A former military doctor, he is kind and helpful when help is needed.

Previously : Upon learning he was adopted from a charity children's shelter, Harry Stowe commissioned Holmes to search for his long lost birth mother of 49 years named Sophia. As Holmes began his investigation, he discovered that the director of the children's shelter was murdered on the same day that Stowe was adopted and a kitchen maid named Sophia was the prime suspect. To dig further into the murder, Holmes paid a visit to a retired police detective named Daniel who was in charge of the case at the time. To everyone's surprise, Daniel's wife was also named Sophia!

The Pendant's Secret ②

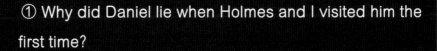

① Why did Daniel lie when Holmes and I visited him the first time?

② How come Daniel wanted to stop Sophia from reuniting with her son just now?

③ Sophia said, "I'm willing to do anything, even if it means going to jail." Does this mean she really did kill somebody 49 years ago?

④ And if that were true, then how come Daniel, who was a police officer at the time, did not arrest her?

⑤ Also, how did Daniel end up living with Sophia?

It was not until the old couple had finally calmed down that they told the men about the past and answered the questions in Watson's mind.

49 years ago, when I found out that Harry had been sold, I begged the shelter's director where Harry was going when the director walked into the kitchen. However, not only did the director refuse to tell me, she even insulted me with words and names that were too horrible to repeat. She basically told me that I must never see Harry again because my shameful existence would only tarnish Harry's reputation.

I must've lost my mind listening to all her mean words. I grabbed the closest thing near my hand and began to hit the director's head and face with it like a mad woman. When I came back to my senses, the director was already lying on the floor. There was nobody else in the kitchen at that time. I was so scared that all I wanted to do was run out of there as quickly as possible. As I dashed for the back door, my foot slipped and I fell backwards. The back of my head must've hit the floor because I felt a sharp pain before keeling over.

I was already in the hospital when I woke up. The assistant director was the only person sitting by my bedside.

Once I was conscious again, the assistant director whispered in my ear that a burglar had broken into the shelter, the director was killed and I was attacked then passed out. Then she advised me sternly, "If you don't wish to have anything bad happen to you, remember to repeat to the police what I've just told you."

It was only later that I realised the assistant director hid away the truth for two reasons. For one, she didn't want to expose-the killing was in fact an act of vengeance for selling children to the wealthy. The other reason was that she wanted to take over the much more lucrative director post. Distorting the incident into a **burglary** gone wrong worked much better to her advantage.

Upon full recovery, I was discharged from the hospital about ten days after the incident. In order to avoid any trouble, she had arranged to send me away for good. With her reference letter in my hand, I moved to London to work at an Italian restaurant. The lady owner of the restaurant was a very **mean** woman. Not only did she make me work more than ten hours continuously everyday, my meals were the leftovers on customers' plates and my bed was the cold, hard floor of the

restaurant. As **harsh** as that sounded, the work environment was something that I could **endure**. What **shattered** me was the chef, who was also the lady owner's husband. He was very kind to me at first, always sneaking me bits of fresh food. But he suddenly turned into a monster one day and took me into his arms **forcibly** and tried to *molest* me. Instead of taking in the truth, the lady owner blamed me for her husband's **monstrous** behaviour. She **slapped** me and screamed at me then threw me out onto the street like I was a stray dog.

I lost my son and I lost my job. I had nobody to turn to in London. With no hope in life, I walked to the River Thames and jumped into the rushing waters.

"I see," said Holmes. "What happened afterwards? Who saved you from drowning?"

The old woman looked into Daniel's eyes who was standing beside her, "It was Daniel. He jumped into the river and saved me."

"Oh!" *gasped* the three men in surprise.

"I was the one who saved Sophia," sighed Daniel. "It might've been 49 years ago, but I still remember it like it was yesterday…"

Glossary burglary (名) 入室盜竊　　mean (形) 小氣的、卑鄙的、兇惡的、刻薄的　　harsh (形) 苛刻的
endure (動) 忍受　shatter(ed) (動) 使(某人)崩潰　forcibly (副) 強行地、強制地　molest (動) 調戲
monstrous (形) 醜惡的、可怕的　slap(ped) (動) 掌摑　gasp(ed) (動) 喘着氣

41

I suspected Sophia was connected to the killing at Donore Charity Children's Shelter because her height matched with the suspect's assumed height. The fact that she refused to **reveal** the name of the man who fathered her son made us suspect that her man must've helped her in hiding the weapon and stealing the £50 worth of valuables. We kept following and watching her, hoping that she would meet up with her man so we could arrest them both.

My partner Neve and I spent a week watching her at a hotel across the street from the Italian restaurant. We could see that she was a **victim** of *abuse*. We also **witnessed** how the lady owner threw Sophia out onto the street in the pouring rain. With nowhere else to go, we thought that she would have no choice but to go find her man. We kept **shadowing** her until we were beside the River Thames, but we had not expected her to suddenly jump into the river.

There was no time to think. I **dived into** the river right away to **rescue** her. The currents were very rapid, but luckily I was a pretty good swimmer myself. It took me but one or two minutes before I was able to pull her out of the river.

Perhaps working at that restaurant had really taken its toll on her, and also probably because she had swallowed a lot of water when she was drowning, Sophia was really weak and was *on the verge of* death when I pulled her on **shore**.

Neve and I took her to the hospital right away. Her life was saved after the doctors gave her the necessary emergency treatments. But she seemed to have completely lost her will to live. She even refused to take the medicines that were given to her.

Only then did Neve and I finally understood that she hadn't come to London to meet up with her man, because there was no such mystery man to begin with.

To prevent another suicide attempt, Neve asked me to stay in London to look after her while he returned to our police station in Ireland to report the details and shut the case.

To be honest, during the week that I was watching Sophia closely, I felt so sorry for her that I had gradually forgotten I was a police officer shadowing a suspect. If Neve hadn't stopped me, I probably would've dashed out of the hotel and saved her from her misery.

During the ten odd days that I spent with her at the hospital, I realised that she was just a young girl trying to survive at the **bottommost** level of society. Her heart was so pure and kind that she couldn't possibly be a *brutal* killer. I couldn't help but fall in love with her. When she was discharged from the hospital, I asked my relatives in London to look after her while I put in my transfer request to London. Once I moved to London for good, we got married and we've been together ever since.

It was only after we've been together for some time that she told me about her past. Her father was a **butler** of an aristocratic household and her mother also worked there as a maid. Their entire family lived on the estate. When she became older, the young lord seduced her and she became pregnant. Her parents were **furious** when they found out about the pregnancy, so they sent her to a shelter that specialised in taking in single mothers. That's where she gave birth to Harry.

The Surprising Weapon

"You know what happened afterwards already," said Daniel.

"I see," said Holmes. "But how come you didn't tell us the truth when we visited you the first time?"

Daniel replied after a deep sigh, "We never talked about the killing again after we were married. We were hoping that time would heal and the incident would be forgotten. Even though Sophia misses her son very much, she has never wished to look for him. She is afraid that searching for him would bring about unwanted attention to the incident again. And more importantly, she absolutely doesn't want Harry to find out that his birth mother is a killer."

"It's because of this reason that you didn't want to reunite with Harry at first?" asked Watson.

"Yes," nodded Sophia. "But once I saw Harry with my own eyes, I couldn't contain my emotions any longer…"

"I understand," said Holmes. "When I figured out the origin of that seashell on the wind chime, I knew that you had never stopped missing Harry. Your memories of Harry must appear in your mind every time the wind chime rings in the wind."

"Yes," said Sophia as she wiped away the tears on her cheeks. "The tinkling sound of the wind chime is my only tie to my little Harry in my heart."

"That reminds me," said Holmes, changing the subject suddenly. "How come the weapon was never found at the scene 49 years ago?"

"I'm not so sure myself either," said Sophia. "I guess the assistant director must've taken care of the weapon. She needed to hide the truth about the killing so she must've destroyed the evidence."

"If that's the case, then the so-called stolen valuables must've been staged by the assistant director too, to make it look like a burglary gone wrong. She would also need to *dispose* the weapon to cut off any links of the killing to you. So exactly what did you use to…?"

Glossary heal (動) 治癒、癒合　contain (動)抑制、克制、控制　figure(d) out (片語動) 計算出
tinkling (形) 叮叮噹噹的　scene (名) 現場、地點　stage(d) (動) 刻意安排、佈局、策劃　dispose (動) 棄置、處理

"I'm sorry, but I really can't remember," said Sophia as she shook her head. "I was so angry at that moment that I just grabbed something that was close at hand."

"I understand that a person could **genuinely** **blank out** when experiencing an episode of **irrationality**," said Holmes. "But do you remember what you were doing in the kitchen before the incident happened? Were you chopping vegetables with a knife or **kneading** a dough with a **rolling pin**?"

"I'm pretty sure I was neither chopping vegetables nor kneading a dough. I think I was gathering **ingredients** to make soup…" Sophia thought back for a moment before raising her head suddenly, "Oh, I remember now. The director came into the kitchen to bring me some **condiments** for **seasoning**."

"Now that you mentioned it, I remember something too," said Daniel. "The kitchen smelled very good when Neve and I went to inspect the crime scene. When

I asked the assistant director what they were making, she said they were making chicken soup. She told us that it smelled so **savoury** because the soup had been **simmering** for several hours."

"Soup?" Holmes thought about it for a moment but could not come up with any ideas. "You know what, let's just forget about it. I'm sure you and Mr. Stowe must have many things to talk about with each other. I shall leave you be and not disturb

Glossary genuinely (副) 真真正正地　blank out (片語動) 腦袋一片空白　irrationality (名) 失去理智、非理性
knead(ing) (動) 捏、揉　rolling pin (名) 擀麵棍、麵粉轆　ingredient(s) (名) 材料　condiment(s) (名) 調味料
season(ing) (動) 調味　savoury (形) 美味的、鮮味的　simmer(ing) (動) 煲、熬、慢煮

45

your reunion any longer."

"Mr. Holmes, will you be… *persisting* on the case?" asked Daniel **worriedly**.

"The killing? I'm not the police, so why would I persist on the investigation? Not to mention that Sophia had already 'died' after she jumped into the river. The case was closed 49 years ago," said Holmes with a **shrewd** **chuckle**. "Most importantly, my client is Mr. Harry Stowe. My mission is to help Mr. Stowe find his birth mother. Now that she is found, my job is done."

"Thank you very much!" Stowe took hold of Holmes's hands tightly, "Detectives Riller and Fox were right. You really are the most amazing **expert** in finding missing people. You are not only amazing but also very **thoughtful** and **considerate**. We are very lucky to have met you!"

Glossary persist(ing) (動) 堅持下去、窮追不捨　worriedly (副) 擔心地、焦慮地　shrewd (形) 狡猾的、精明的　chuckle (名) 輕聲笑　expert (名) 專家　thoughtful (形) 細心的、考慮周到的、計劃周密的　considerate (形) 體諒的、體貼的

"Your words are too kind, Mr. Stowe. Remember to check your mail, because you shall receive a very expensive bill in a few days," said Holmes with a wink.

Holmes and Watson bid their farewells after saying those words. Reunited as a family, Stowe, Sophia and Daniel were beside themselves with warmth and happiness as they watched the two men leave.

After returning home, Watson said lightly, "A mother is reunited with her son after 49 years thanks to two seashells. How incredible is that?"

"It's a shame that we still don't know what exactly was the weapon though," said the disappointed Holmes.

"Stop **fussing over** the weapon! You should feel an **immense** sense of satisfaction for reuniting a man with his long-lost mother."

As though he had not heard Watson, Holmes continued to *cock his head* sideways and muttered, "Seasoning… The last thing that the director did was bring condiments to the kitchen… What do condiments have to do with the murder weapon?"

"How could condiments be related to the murder weapon? Are you forgetting that the weapon was said to be a hard and blunt object? How could that be a condiment?"

"Yes, a very hard and blunt object… a hard and blunt object…"

All of a sudden, as though shocked by an electrical current, Holmes opened his eyes wide and bright as he stared at the table.

"What is it?" asked the curious Watson.

"That's the object!" shouted Holmes as he grabbed the chunk of smoke-dried skipjack tuna. "This was the weapon!"

"What? The weapon was a chunk of dried fish?"

"Yes! Smoke-dried skipjack tuna is a kind of condiment that adds savouriness to soup. Since it is harder than wood with rough surfaces on both ends, severe injuries could be caused if someone were to use it to attack another person."

"Oh…" Watson finally got the whole picture. "So the closest thing near Sophia's hand at that time was what the director had brought into the kitchen."

"Exactly! How ironic indeed! The weapon used in beating the director to death

was an object that the director handed to the killer herself. No wonder even the police couldn't figure it out."

"But what happened to the block of dried fish? How come the police couldn't find it at the crime scene?"

"You still don't get it?" said Holmes as a frosty glimmer flashed in his eye. "The assistant director must've _dunked_ the piece of dried fish

Glossary savouriness (名) 濃香鹹味、鮮味　frosty (形) 冰冷的、冷冷的　glimmer (名) 一絲微光
dunk(ed) (動) 浸入

48

into the chicken soup to destroy the evidence. That's why the kitchen smelled very good when Daniel and Neve arrived at the scene."

"The murder weapon was made into soup, then the soup was eaten by the people in the shelter…" Watson could say no more as a **shivering chill went up and down his spine**.

On the contrary, a smile of satisfaction **beamed** on Holmes's face. He was finally able to solve the mystery from 49 years ago, successfully adding another moving yet heart-rending case in his extensive investigation career.

Next time on **Sherlock Holmes** ―
The Dying Detective is coming up on the next issue!

Glossary shivering chill went (go) up and down his spine (片) 毛骨悚然　on the contrary (習) 相反 beam(ed) (動) 照耀

趣味看科學！

大家熟悉的森巴推出最新《森巴STEM》系列，以有趣漫畫教你科學知識！

從未刊登的全新故事！

小剛和森巴外出購物時，遇上一滴正被特工追捕的神奇水點，小剛更慘遭擄走！森巴為救回哥哥，展開了一場濾水廠大冒險⋯⋯

全球水分佈

地球的總水量約有 14 億立方公里，理論上足夠全球人類用超過 50 萬年。可是這些水的分佈差異很大，我們能直接抽取使用的水是非常少的。

| 海水 | 超過 97% |

含有鹽分，所以水不能直接飲用，亦難以作其他用途。

淡水 不足 3%

除了供給人類使用之外，亦是陸上的動、植物不可或缺的水源。

我們每天喝的水存在了多久？
為甚麼不能製造食水？
專欄探討科學，宣揚環保意識！

海洋的用途

平衡地球溫度
地球能夠維持着平穩的溫差，全是海洋的功勞。水的吸熱能力強，海洋日間吸收大量太陽的熱能，海水溫度卻幾乎不會上升。而夜間海洋散熱緩慢，把熱能持續送往空氣中，使地面不會急速變冷。

冰川有助海洋對流
南北兩極的冰層深入海底，令海面保持低溫。然而海水的冰點是 -2℃，因此淡水形成的冰塊不會融化，得出了奇妙的平衡。低溫的海水流向海底深處再擴散至熱帶地區，而熱帶的海水則流向兩極，形成對流。

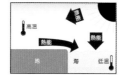

水的一個重要特性，就是在 4℃ 時密度最高，因為 4 ℃

讀者信箱

這兩期的「簡易小廚神」和本期的學習專輯都有拍攝影片說明製作方法，大家喜歡嗎？有甚麼意見都能在影片下方留言告訴我們！還有新專欄「寫作教室」也歡迎大家投稿啊！

《兒童的學習》編輯部

兒學加油！ 讀者意見區 希望刊登！

如果M博士外傳×森巴FAMILY……
唐泰斯：終於能報仇了！ 唐泰斯：是報仇啊……
森巴：報手？
唐泰斯：是報仇，不是報手啊，小屁孩。
森巴：美味豬手！
森巴：報手……豬手！
唐泰斯：唉！
小剛是豬手……
森巴：豬手……
蘇樂謙

唐泰斯遇上森巴的小劇場非常有趣！

如果填上同意，在新書出版時就會收到通知，就算填不同意也不會影響刊登及得獎的。
刊

讀者意見區（希望刊登）
我知道了！M博士就是唐泰斯！
為甚麼問卷後面在個人資料下面要填同意√/不願×？應該填那一個才能刊登？
刊
黎浠桐

插圖畫廊

李希朗
讀者意見區
今期的森巴超帥呢！（希望刊登）

庾啓欣
8分
讀者意見區
(1-10) 請評分
同心抗疫棋很好玩能提高我們的防疫意識

7分
讀者意見區
請評分 希望飛頭再次回來 SAMBA FAAMILY
杜顯正
飛頭有時會客串登場一格啊。

關楚穎
8分
讀者意見區
請評分(1-10分)

黃予陶
讀者意見區
一起抗疫
兒學

教授蛋答問區

Q1 甚麼是真空狀態？
真空狀態就是在空間中不存在任何物質的狀態。真空內的氣壓比外面低，也無法傳遞熱力和聲音。
提問者：王御心

Q2 為甚麼朱古力含有少量咖啡因？
咖啡因存在於可可豆中，所以由可可豆加工做成的朱古力也含有咖啡因。而黑朱古力的咖啡因含量比白朱古力高。
提問者：孔若素

如果大家有任何疑問，可寫在問卷上寄回來，讓教授蛋解答。

Hello, my dear readers.

I'm the famous comic artist, Mr. K.

各位讀者，大家好。

我是著名漫畫家K先生。

"Samba Family" is now on "Children Learning" more than 50 issues.

《森巴家族》在《兒童的學習》上連載超過50話。

To celebrate this special day,

Green tea

I decided to do something special for this issue, and that is to...

為了紀念這個特別日子，

綠茶

我決定為本話做一些特別的事，那就是……

Take a long vacation and travel !!

Bye Bye !!

放一個長假去旅行!!

再見!!

ARTIST: KEUNG CHI KIT   **CONCEPT: RIGHTMAN CREATIVE TEAM**

Travel Together With Mr. K For Vacation!!
A Special Edition-Vacation!!

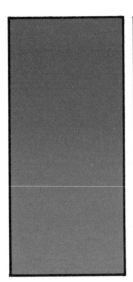

發生了甚麼事!?

為何本話內容
完全空白!?

What is going on !?

Why is everything totally blank for this issue !?

I'm back...

我回來了……

Where did you go, Mr. K? Are you slacking off in your drawings again?

I took a vacation to go traveling with Samba...

K先生，你去了哪裏？
莫非你又偷懶不畫畫嗎？

我放假與森巴
一起去旅行……

Huh? Then where's Samba?

Sigh~

啊？那森巴在哪兒呢？ 唉～

He will never come back again...

Huh!?

他再也不會回來了…… 啊!?

What do you mean by that!? Where did you go exactly!?

Well...

那是甚麼意思!?你們到底去了哪裏!? 這個嘛……

Two weeks ago...

?

兩星期前……

I asked Samba to go on a trip together for vacation, and we went to a place called "Paradise"...

I drove my fancy sports car for a long distance on the highway...

我約了森巴一起去度假，我們去了一個叫「世外桃源」的地方……

我駕着豪華跑車在高速公路上行駛了一段長距離……

蓬一

Haha~ It's been a long time since I've had a day off. It feels so awesome driving on a long road trip!!

哈哈~我很久沒有休息了。在漫長旅途中駕駛的感覺真棒!!

Let Me Drive

讓我駕

BANG

砰~~~~~

It seems nothing good can happen when I'm traveling with Samba...

Could my vacation be ruined just like that!?

與森巴一起旅行似乎沒有甚麼好事……　　　　　　　　　　　　我的假期就此毀了嗎!?

No way!! I won't give up that easily!!

If there's no car, I can still walk!!

不行!!我不會輕易放棄!!　如果沒有車,我就步行吧!!

Ha ~~~

......

哈~~~~

It takes 10 hours to reach Paradise by car.

PARADISE
973 km
10 hrs.

駕車需10小時到達　世外桃源
「世外桃源」。　　　973公里　10小時

That means walking will then take

1 Year

那就意味着步行需要　　　1年

When I almost had a nervous breakdown, Samba found another road sign.

正當我快要崩潰時,
森巴發現了另一個路牌。

59

PARADISE
△ Shortcut △
3 hrs....

「世外桃源」捷徑　　　3小時

Just 3 hours to reach Paradise? That's fantastic!!

3小時就到「世外桃源」？　「世外桃源」捷徑太棒了!!

In order to reach Paradise and return from work in time to meet the deadline for my readers...

DANGER

I decided to take that shortcut even though it cannot be found on Google Maps!!

為了到達「世外桃源」並趕及在截稿日前回來為我的讀者服務……　　　死　　　危險　　　所有捷徑都是崎嶇難行又危險!!　哇—　　我決定走這條連谷歌地圖也未能顯示的捷徑!!

Sure enough!!

All shortcuts can be rugged and dangerous!!

WAH~~~~

果然!!

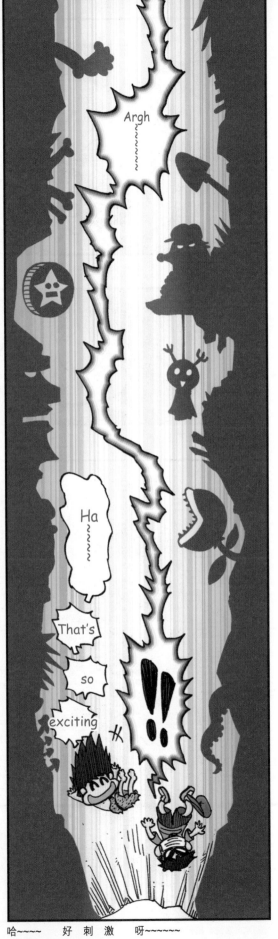

噗—

BANG

砰—

Luckily that we didn't die but landed safely!!

幸運的是我們沒有死，
並安全着陸!!

!

As I was thinking about how long would it take if we were to take this shortcut,

正當我在想要花多長時間
才能走完這條捷徑時，

this scene in front of us lit up!!

There were lots of magnificent mountains ahead of us, but when we approached them, it was not as we expected...

眼前的景物令我們眼前一亮!!

前面有許多壯麗山脈，但當我們接近它們時，
卻發現不是我們所想的……

罐頭？

你看，由於森巴不知道甚麼是罐頭，

噢

所以我花了10分鐘向他解釋甚麼是罐頭……

食   物

當森巴知道罐頭裏有食物後，就用他的蠻力打開罐子，享用美食!!

這些美味又免費的食物，不能只有森巴獨享，我也加入一起吃!!

果然……

嘔~~~~~

那些罐頭已經過期了!!

嘔~~~~~　　嘔~~~~~　　嘔~~~~~　　嘔~~~~~　　嘔~~~~~

還有就是，它們有毒……

哈~~~~

你還笑!?快去
找解毒方法!!

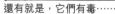

我們發現這個地方被垃圾包圍。 所有東西都是人類丟棄在此……

當我們急於找解藥時，

也許能稀釋毒物！快喝!!

有電視、電腦、手機、家具、玩具和
膠袋……　　　　吞~~~~

啊　　　有水！

毒上加毒!!

水已被污染，如果你們飲用，　　啊~~~~
只會使身體不斷惡化……

Her name was Maya, she was the fairy guardian of this land.

She's in charge of turning garbage into energy for the earth to reduce pollution.

她是瑪雅，她是這片土地的守護者。

她負責將垃圾轉化成地球的能源，減少污染。

But one night, when she was sleeping, her left eye was stolen by a bad guy!!

Without one of her eyes, her power decreased...

但是有一晚，當她睡覺時，她的左眼被壞人偷走了!!

她失去了一隻眼睛，法力就下降了⋯⋯

And Maya couldn't handle those tons of garbage anymore,

so the garbage mountains started rising up one after another...

瑪雅再也無法處理這些垃圾，

一座又一座的垃圾山開始堆積⋯⋯

I sense that my eye was being kept in that castle...

我感覺到我的眼睛在那座城堡裏⋯⋯

Can you help me get back it?

That's not a problem

We're counting on you, Samba.

你們能幫我找回它嗎？　沒問題　我們全靠你了，森巴。

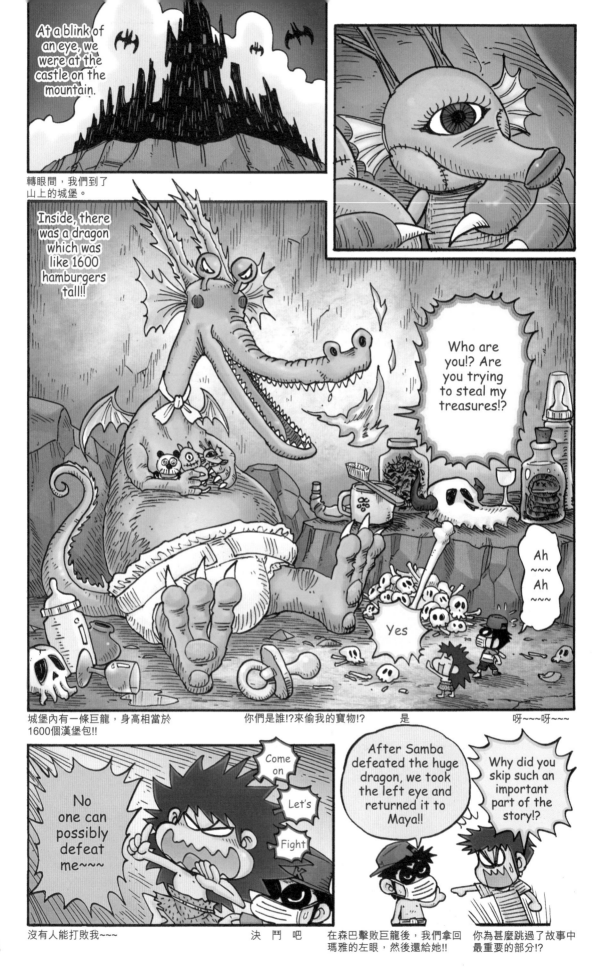

As we were on the way back to Maya filled with joy,

something happened...

當我們滿懷喜悅地回去找瑪雅時，

不幸的事發生了……

Ah

BANG!

PA

呀　砰—　啪—

The left eye that we worked so hard to return her was accidentally flattened by me...

What should we do!?

我們努力取回的左眼，竟被我意外地踩扁了……

我們該怎麼辦!?

I have an idea!!

我有辦法!!

If I take out the two lenses from a telescope, then put them into the gashapon shell,

and then fill it with glue inside, then tie some wires on the back... Don't you think this looks just like an eye!?

如果我從望遠鏡中取出兩塊透鏡，將它們放入扭蛋殼中，

在扭蛋殼內注滿膠水，然後在背面接駁電線……你不覺得這看起來像眼睛嗎!?

Miss Maya, we managed to bring back your eye!

Really!?

瑪雅小姐，我們為妳取回眼睛！

真的!?

69

滋～～～

瑪雅，這隻眼睛真的
很適合妳！

哈～～～

你們兩個不僅毀了我的眼睛，
而且還用垃圾欺騙我!!

我要你們兩個永遠留在
這個垃圾世界裏!!

我們不是故意的。
請讓我們離開!!

不行!!

呀!!

就在那一刻………

嗖— 嘿 你 先 走 呀~~!?

森巴犧牲自己！他將我推開，所以瑪雅無法抓我⋯⋯

嗖— 森巴!!

森巴!!你的哥哥來救你!!

因此，我回來找人去救他⋯⋯　　森巴現在處於巨大危險中!!

地圖　　　剛⋯⋯

請小心!! 希望你能救回森巴!!

你好

森巴!!你怎麼
這麼快回來!?

你是如何
逃走的!?

是 這樣

這 樣

啊!!你利用在垃圾堆裏找到的漫畫
分散她的注意力,然後逃走!!??

我的漫畫
總算有用!

不好了!!

森巴!!你在哪兒!?

帥哥你好,想和我一起
看漫畫嗎?

完……

兒童的學習 NO.52

請貼上
$2.0郵票

香港柴灣祥利街9號
祥利工業大廈2樓A室
兒童的學習編輯部收

2020-6-15　▼請沿虛線向內摺。

請在空格內「✔」出你的選擇。

問卷

有關今期內容

Q1：你喜歡今期主題「世界小遊戲大全」嗎？
01 □非常喜歡　　02 □喜歡　　03 □一般　　04 □不喜歡　　05 □非常不喜歡

Q2：你喜歡小說《大偵探福爾摩斯──M博士外傳》嗎？
06 □非常喜歡　　07 □喜歡　　08 □一般　　09 □不喜歡　　10 □非常不喜歡

Q3：你覺得SHERLOCK HOLMES的內容艱深嗎？
11 □很艱深　　12 □頗深　　13 □一般　　14 □簡單　　15 □非常簡單

Q4：你有跟着下列專欄做作品嗎？
16 □巧手工坊　　17 □簡易小廚神　　18 □沒有製作

讀者意見區

快樂大獎賞：
我選擇（A-I）

只要填妥問卷寄回來，
就可以參加抽獎了！

感謝您寶貴的意見。

請沿實線剪下

請沿實線剪下

讀者資料

姓名：		男 女	年齡：	班級：

就讀學校：

聯絡地址：

電郵：　　　　　　　　　　　　　聯絡電話：

你是否同意，本公司將你上述個人資料，只限用作傳送《兒童的學習》及本公司其他書刊資料給你？（請刪去不適用者）
同意/不同意　簽署：＿＿＿＿＿＿＿＿＿＿　日期：＿＿＿年＿＿月＿＿日

讀者意見收集站

A 學習專輯：世界小遊戲大全
B 大偵探福爾摩斯——
　M博士外傳⑨燈塔看守人的失蹤
C 巧手工坊：投幣轉動的遊戲輪盤
D 快樂大獎賞
E 成語小遊戲
F 簡易小廚神：自包自煮韭菜豬肉水餃
G 知識小遊戲

H 實戰寫作教室：
　厲河老師的實戰寫作教室
I SHERLOCK HOLMES：
　The Silent Mother ⑥
J 讀者信箱
K SAMBA FAMILY：
　Travel Together With
　Mr. K For Vacation!!

＊請以英文代號回答Q5至Q7

Q5. 你最喜愛的專欄：
第 1 位 19＿＿＿　第 2 位 20＿＿＿　第 3 位 21＿＿＿

Q6. 你最不感興趣的專欄： 22＿＿＿原因：23＿＿＿

Q7. 你最看不明白的專欄： 24＿＿＿不明白之處：25＿＿＿

Q8. 你覺得今期的內容豐富嗎？
26□很豐富　27□豐富　28□一般　29□不豐富

Q9. 你從何處獲得今期《兒童的學習》？
30□訂閱　31□書店　32□報攤　33□OK便利店
34□7-Eleven　35□親友贈閱　36□其他：＿＿＿

Q10. 你認為哪個科目最困難？（可選多項）
37□中文科　38□英文科　39□數學科　40□常識科
41□視覺藝術／美術科　42□音樂科　43□體育科
44□普通話科　45□其他：＿＿＿

Q11. 你還會購買下一期的《兒童的學習》嗎？
46□會　47□不會，原因：＿＿＿